Baden bei Wien

Stadtwappen von Baden (auf der
Siegelkapsel der Erneuerungsurkunde
des Stadtrechtsprivilegiums, 1718)

Baden
bei Wien

Texte von Peter Weninger
Photos von Hella Pflanzer

Pinguin-Verlag, Innsbruck

Das hintere Umschlagbild zeigt eine Szene aus dem Scheinerschen Kaffeehaus.

Das Erscheinen dieses Buches wurde dankenswerterweise durch die Stadtgemeinde Baden und die CASINOS AUSTRIA AG unterstützt.

Bildnachweis:
CASINOS AUSTRIA AG, Werbung und Verkaufsförderung S. 72; Kurdirektion Baden S. 71; Herbert Pirker S. 55, 57, 62; sämtliche Abbildungen im Textteil und rückwärtiger Schutzumschlag: Städt. Sammlungen, Archiv-Rollettmuseum Baden. Alle restlichen Aufnahmen: Hella Pflanzer.

Druck- und Bindearbeiten: Athesia-Tyrolia, A-6020 Innsbruck
Farbreproduktionen: Tiroler Repro, A-6020 Innsbruck
Satz: Lasersatz Maringer, A-5751 Maishofen
Printed in Austria
ISBN 3-7016-2415-1

Inhalt

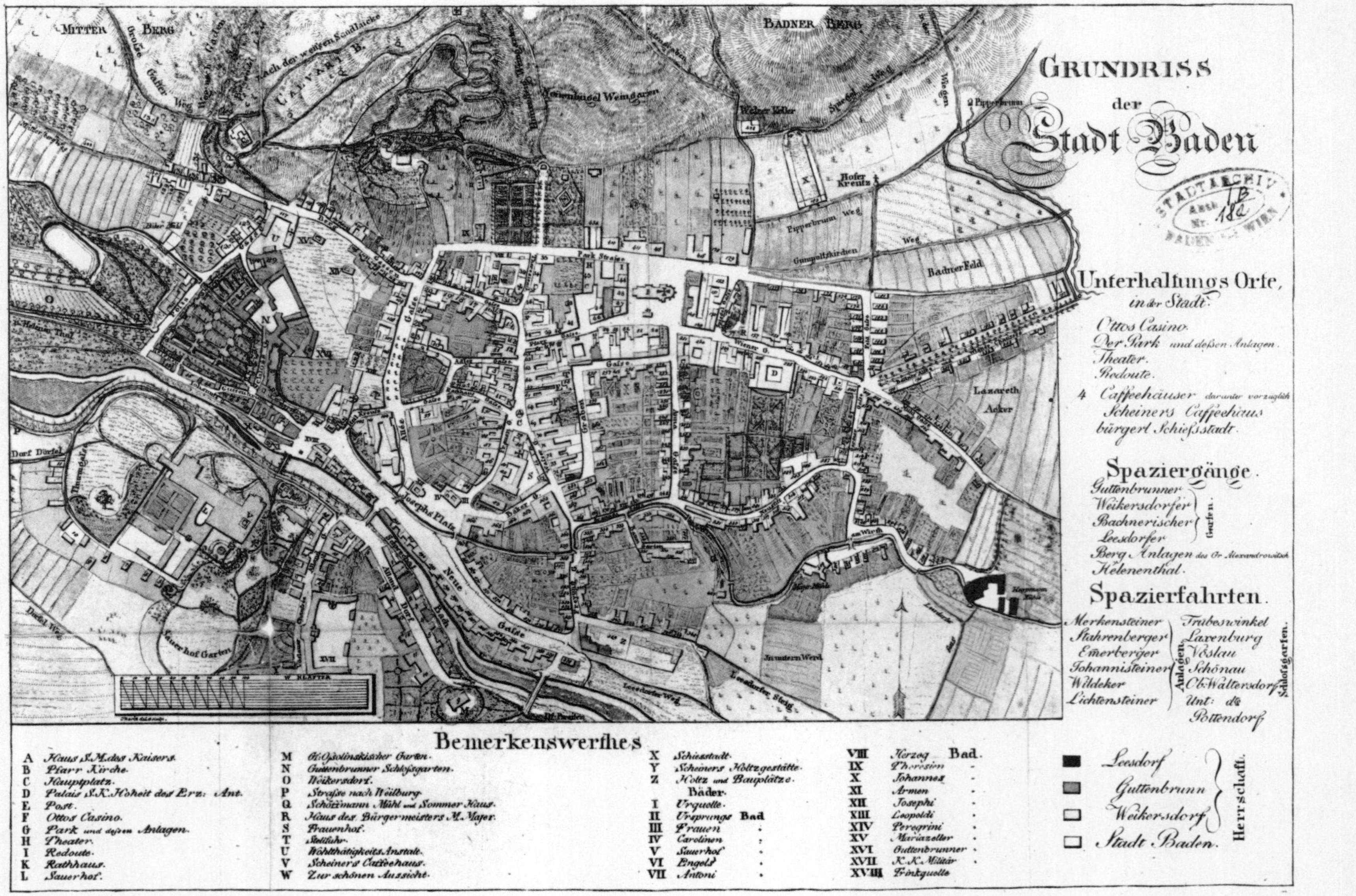

Plan der Stadt Baden, 1822

Baden bei Wien

Die knapp dreißig Kilometer südlich von Wien am Fuß der südöstlichen Ausläufer der Wienerwaldberge und an der Thermenlinie gelegene alte Bade- und Kurstadt war seit ihrem Entstehen wegen ihrer warmen Schwefelquellen, später auch wegen ihres Weinbaues und ihrer günstigen klimatischen Lage weithin bekannt. Von größter Bedeutung für ihre Entwicklung war aber immer ihre Nähe zu Wien und ihre enge Verbindung mit der Haupt- und Residenzstadt.
Schon mit Beginn des 16. Jahrhunderts nahmen Beschreibungen der Quellen und Bäder ihren Anfang und erreichten seit dem späten 18. Jahrhundert eine immer größere Dichte und Verbreitung. »Unter den reizenden Umgebungen Wiens nimmt Baden vermöge des Umfangs seiner romantischen Gegenden sowohl als wegen seiner Großartigkeit einen der vorzüglichsten Plätze ein«, beginnt etwa einer der vielen Führer über den »gepriesenen Curort, welcher als Quelle aller Lebenskraft, der Sitz des Vergnügens und der Brennpunkt der eleganten Welt« beschrieben wird (J. A. Krickel, 1832). Damals, in Badens »erster Glanzzeit« hatte die kleine Stadt allerdings bereits einen ungeheuren Aufschwung als sommerliche Residenz Kaiser Franz I. und durch eine umfassende bauliche Erneuerung genommen. Bis dahin war es freilich ein langer, von ständigen Katastrophen und Rückschlägen gekennzeichneter Weg gewesen.
Die Höhenlagen um Baden waren bereits in urgeschichtlicher Zeit besiedelt. Funde aus der späten Jungsteinzeit in der Königshöhle bei Rauheneck gaben der »Badener Kultur« den Namen (um 3200 bis 2800 v. Chr.). Bronzezeitliche und früheisenzeitliche Fundstellen (um 800 bis 400 v. Chr.) an solchen geschützten Plätzen weisen auf eine doch kontinuierliche Besiedlung hin. Die später hier ansässigen Illyrer wurden dann von den seit dem 4. Jahrhundert v. Chr. eindringenden Kelten überlagert, deren Königreich Noricum, das bis zum Wienerwaldkamm reichte, um 15 v. Chr. von den Römern annektiert wurde, um den unruhigen Germanenstämmen nördlich der Donau eine militärisch gesicherte Reichsgrenze entgegenzustellen. Östlich der Provinz Noricum wurde die Provinz Pannonien, später Oberpannonien, mit der Hauptstadt Carnuntum gebildet. Den hier stationierten Legionen und Verwaltungsbeamten war jedenfalls die Ursprungsquelle bekannt, die sie ebenso nützten wie die Heilthermen bei der Lagerstadt Carnuntum. Bei und um die Ursprungs- oder »Römerquelle« und südlich davon bis in das heutige Stadtgebiet Badens kamen zahlreiche Reste einer römischen Badeanlage und einer ausgedehnten Siedlung zutage, darunter auch ein Votivstein mit dem Wort »Aquae«, dem römischen Namen des Ortes, der auch im Itinerarium Antonini, einer in einer Kopie des 12. Jahrhunderts überlieferten römischen Straßenkarte aus dem 3. Jahrhundert n. Chr., aufscheint. Neben Mauerresten und Ziegeln mit den Stempeln der in Vindobona stationierten X. Legion und der seit Kaiser Trajan (um 100 n. Chr.) ständig in Carnuntum liegenden XIV. Legion, Grab- und Weihesteinen kamen im Lauf der Zeit auch Münzen, Geschirr und zahlreiche Gebrauchsgegenstände, darunter auch ärztliche Instrumente, ans Licht.
Aquae, Kurort schon für die römischen Soldaten und Veteranen, lag an einem alten Weg, der von Vindobona aus am Rand des Wienerwaldes entlang nach Süden führte. Weiter im Osten verlief die alte bedeutende Handelsstraße (Bernsteinstraße) von Italien über Claudia Savaria (Szombathely, Stuhlweißenburg), Scarabantia (Sopron, Ödenburg) und bei Carnuntum über die Donau nach Norden. Nach langen kriegerischen Auseinandersetzungen seit Tiberius (6 n. Chr.), die in den Germanenkriegen Mark Aurels (um 171 bis 173 n. Chr.) und unter seinem Nachfolger Commodus (180 bis 192 n. Chr.) gipfelten, überrannten germanische Völkerschaften schließlich um 400 n. Chr. endgültig den Donaulimes und Oberpannonien. Am Ende des 5. Jahrhunderts räumten die Römer die Donauprovinzen, 488 führte der siegreiche Skirenfürst Odoaker die romanisierte Stadtbevölkerung nach Italien ab. Ob das in den folgenden Wirren der Völkerwanderungszeit untergegangene Aquae vielleicht in Resten weiterbestand oder wiederbesiedelt wurde, ist bisher nicht geklärt, da Fundhinweise fehlen.
Das 788 dem fränkischen Reich eingegliederte, vorher von Baiern und Slawen besiedelte, dem bairischen Stammesherzogtum unterstehende Land wurde schließlich nach der Vernichtung der eingefallenen Awaren 803 zur Karolinger- oder Awarischen Mark, 843 ein Teil des ostfränkischen Reiches. Erst im Jahr 869 taucht der Ort wieder aus dem Dunkel der Geschichte in einer Traditionsnotiz des Stiftes Freising auf, die einen Hoftag König Karlmanns, des Sohnes Ludwigs des Deutschen, »ad Padun in palatio«, in einer

Pfalz oder einem Königsgut zu Baden, vermerkt, wo dieser anläßlich eines Kriegszuges gegen die Mährer über eine Gebietsschenkung entschied. Der römische Name hatte sich in übertragener deutscher Form also über die dunklen Jahrhunderte hinweg erhalten. Diesen Landstrich erhielt später der zweite Babenbergische Markgraf, Heinrich I., von Kaiser Heinrich II. 1002 scheint Baden als landesfürstlicher Besitz auf. Nach der Abwehr der Magyareneinfälle, neuerlicher Besiedlung und der Festigung der Herrschaft der Babenberger hatte sich hier am Ausgang des Helenentales und bei einer Furt über die Schwechat schon vor 1000 eine Ansiedlung herausgebildet. Zum Schutz des strategisch wichtigen Gebietes und der Kolonisation wurde vom 10. bis zum 13. Jahrhundert ein System von Wehrbauten angelegt: Im Westen die romanischen Burgen Rauheneck (1130 erstmals genannt) und Rauhenstein (1160), im Osten Leesdorf (1114) und die längst völlig verschwundene Veste Rohr (1177) im Südosten, im Zentrum der (erst 1285 urkundlich genannte) Herzoghof und die Burg Baden (1125). Im 13. Jahrhundert kamen die Burg Weikersdorf (Weiherburg, 1232) und der erste Bau der Pfarrkirche St. Stephan hinzu. Als früheste Burgherren erscheinen hier die Tursen für Rauheneck und Rauhenstein und in der zweiten Hälfte des 11. Jahrhunderts die Herren von Ror (Rohr). Ritterliche Lehensleute nannten sich seit 1107 nach der Burg Baden.

Michael Ostendorfer, Baden im Jahre 1532

Um den bis heute etwa dreieckigen Hauptplatz entwickelte sich der später ummauerte Ort, in den Herzoghof, Burg und Pfarrkirche wohl aber erst Anfang des 15. Jahrhunderts einbezogen wurden, wodurch die noch heute deutlich erkennbare Ausbuchtung im Grundriß der Altstadt entstand. Aus der Zeit der Gotik blieb in der Stadt Baden verhältnismäßig wenig erhalten. Neben manchen im Kern gotischen Bürgerhäusern des Stadtkerns und den beachtlichen gotischen bzw. spätgotischen Bauteilen der Pfarrkirche kamen erst vor wenigen Jahrzehnten überraschend schöne gotische Bauteile, ein Teil des Kreuzganges und des Kapitelsaales, bei einem Umbau des ehemaligen Augustinereremitenklosters zutage. Dort ist auch noch die Doppelgrabplatte seines Stifters Leutold von Chreusbach (gest. 1299) und seiner Frau Offemia (Euphemia) erhalten. Das meiste verschwand durch kriegerische Zerstörungen, Brände, Regulierungen, Abbrüche und Umbauten, wie etwa das ehemalige Wahrzeichen Badens (neben dem »höchsten Galgen im Land« auf dem Richtberg), die von Heinrich von Pottendorf 1297 gestiftete und den Augustinern übergebene, um 1350 erneuerte ehemalige Frauenkirche zu Mariä Geburt beim Frauentor mit dem »Turm, der auf der Spitze steht«, ihrem über das Portal vorspringenden sechseckigen Dachreiter. 1787 entweiht und 1793 von der Stadt erworben, wurde sie, angeblich baufällig, 1811 abgetragen. An ihrer Stelle entstand dann 1821/1822 das neue Frauen- und Karolinenbad.

Im späteren Mittelalter waren auch der alteingesessene Weinbau und das Badewesen wieder in Aufschwung gekommen, Badens Haupteinnahmequellen, die seinen Charakter in steigendem Maße bestimmen sollten. Baden wird zwar erst 1356 als Markt genannt, war aber schon vorher von Bedeutung. In der zweiten Hälfte des 15. Jahrhunderts hatte der Marktort wie das ganze Land Schweres zu erdulden. In den politischen und kriegerischen Wirren zwischen den Habsburgerlinien und den Nationalkönigen von Böhmen und Ungarn um die Landesherrschaft wurde Baden von marodierenden böhmischen Söldnern unter Franz von Haag und seinem Hauptmann Sluha, die 1466 gehängt wurden, besetzt, 1477 und 1482 vom Ungarnkönig Matthias Corvinus teilweise zerstört und ausgeplündert, und blieb bis zu dessen Tod 1490 in Wien in seiner Hand. Damit es wieder »in aufnehmen kome«, hatte Kaiser Friedrich III. 1480 Baden ein Stadtrechtsprivilegium verliehen (freies Handelsrecht, Zoll und Marktmaut, eine Salzkammer und die Hochgerichtsbarkeit für seinen Burgfrieden, Steuer und Abgabepflicht auch für Adel und Prälaten, es sollte aber auch seine Befestigungen instandsetzen). Baden erhielt ein sprechendes Wappen (». . . ain Wappen unndt Clainoth, mit Namen Unsern Schild New-Österreich, unndt darin ain Figur eines Wildt-Path mit Figuren zweyer Nackheter Menschen, Mann- unndt Frawen-Pildt.«). Damit bekam Baden die Selbstverwaltung, zählte nunmehr als landesfürstliche Stadt zu den achtzehn im vierten Stand des Landtages vertretenen »mitleydenden« Orten Niederösterreichs, die dann im 16. Jahrhundert ein Fünftel der Steuern aufzubringen hatten, wovon die Hälfte auf die Stadt Wien fiel. Kaiser Friedrich III. war seit 1440 des öfteren zur Kur in Baden, auch seine Gemahlin Eleonore von Portugal, deren Troßwagen allerdings schon bei ihrem ersten Aufenthalt 1466 im Helenental von den Knechten Wilhelm von Puchheims, des Herrn von Rauhenstein, geplündert wurden, worauf Friedrich Rauhenstein brechen ließ.

Georg Matthäus Vischer, Das Herzogsbad zu Baden, 1672

Seit Anfang des 15. Jahrhunderts ist auch der Aufenthalt von Standespersonen und Gelehrten in Baden besser belegt. Ab 1428 kam etwa der Propst von Klosterneuburg, für dessen Badeaufenthalte und Badewäsche (»padphayt« und »femoral«, Badehemd und -hose) die Kosten in den Kammeramtsrechnungen des Stiftes verzeichnet wurden. Aus Wien kamen unter vielen anderen auch Kaiser Friedrichs Geheimsekretär Enea Silvio Piccolomini, seit 1458 Papst Pius II., und die berühmten Universitätsprofessoren Johann Tichtel und Johann Cuspinian, denn der Gebrauch der »Wildbäder« (Thermalquellen) wurde damals zur laut gepriesenen medizinischen Mode. Damit vermehrten sich auch die Nachrichten über Baden. Mit dem 16. Jahrhundert begann dann eine reiche Bäderliteratur zu erscheinen. Als eines der ersten Werke im deutschen Sprachraum kam 1511 in Wien das »Opusculum de balneo Badensi« über die Badener Bäder heraus, das der Kremser Stadtmedicus Wolfgang Wintperger, genannt Hentl, unter seinem Humanistennamen Anemorinus verfaßt hatte. Eine deutsche Übersetzung wurde bereits im Jahr darauf unter dem Titel »Ein Tractat der Badenfahrt« in Straßburg gedruckt. Wintpergers Büchlein bezieht sich auf die beiden bekanntesten und frequentiertesten Bäder, das Herzogs- und das Frauenbad, erwähnt den Ursprung, gibt Baderegeln und Ratschläge bis zur richtigen Diät nach eigenen Beobachtungen und blieb für lange Zeit vorbildlich. Bald darauf erlitt Baden wieder schwerste Schäden durch den Türkeneinfall von 1529, und 1532 zog neuerlich ein türkisches Heer über Ungarn gegen das zuvor vergeblich belagerte Wien. Die Nachricht vom hier stehenden starken Reichsheer Kaiser Karls V. bewog Sultan Soliman jedoch zum Rückzug durch das oststeirische Grenzgebiet nach Slawonien. Die als »Renner und Brenner« gefürchteten berittenen Streifscharen der Akindschi schwärmten in der Stärke von etwa 16.000 Mann unter ihrem Anführer Kasim Beg aber mordend und sengend voraus durch das südliche und westliche niederösterreichische Voralpenland und suchten dann aus den Tälern herauszukommen, um sich dem abgezogenen Hauptheer anzuschließen. Kaiserliche Truppen unter dem Kommando des obersten Feldhauptmanns Kurfürst Friedrich II. Pfalzgraf bei Rhein konnten sie schließlich am 19. September 1532 bei Enzesfeld zusammentreiben und vernichtend schlagen. Größten Anteil an diesem Erfolg hatte der Hauptmann des Augsburger Kontingents, Sebastian Schertlin von Burtenbach, den Kaiser Karl V. anschließend zum Ritter schlug. Dieses Treffen war für Baden, wo sich

Heerführer wie Markgraf Joachim von Brandenburg und die Kriegsräte der niederösterreichischen Lande gelagert hatten, dennoch von Bedeutung. 1539 erschien nämlich in Nürnberg die »Wahrhafftige beschreibung des andern Zugs in Osterreich wider den Turcken gemainer Christenheit Erbfeinde ...«, anschaulich mit Holzschnitten illustriert, von denen einer von Michael Ostendorfer den »Heereszug« mit einer der ältesten Ansichten Badens zeigt.

Die noch ganz mittelalterliche Stadt ist in ihrem damaligen Zustand mit den Mauern und Tortürmen einigermaßen richtig von Süden her wiedergegeben. Vorne das Frauentor, rechts das Wasser- und Wienertor, darüber der Turm der Badener Burg, oben in der Mitte das Herzogtor und links am Rand Renn- und Heiligenkreuzertor. Die gotische Kirche links ist die alte Frauenkirche Mariä Geburt, während von der 1529 abgebrannten Pfarrkirche und dem ebenfalls zerstörten Augustinerkloster nichts zu sehen ist, da deren Wiederaufbau erst später, nach der zeichnerischen Aufnahme, erfolgte. Von der ober dem Herzogtor, etwa am Kalvarienberg, dargestellten Kapelle ist allerdings nichts bekannt. Die dicht zusammengedrängten Bürgerhäuser haben steile Pultdächer und Dreieck- oder Treppengiebel. Die Stadtmauer sollte dann den Umfang des Stadtgebietes noch für Jahrhunderte festlegen. Als eine Hilfe zum Wiederaufbau hatte König Ferdinand die früher landesfürstlichen Frauenbäder, die König Maximilian Ende des 15. Jahrhunderts jedoch dem Pfleger der Badener Burg Valentin Poltz geschenkt hatte, zurückgekauft und 1531 der heimgesuchten Stadt überlassen. Seither war diese stets bemüht, die Quellen und Bäder in ihrer Hand zu vereinigen, was ihr in den folgenden Jahrhunderten langsam auch gelang.

Die kleine Stadt war eng umgeben von eigenen Herrschaften (Rauhenstein, Weikersdorf, Gutenbrunn, Leesdorf), mit deren wechselnden Besitzern der Magistrat häufig im Streit lag, und einer Reihe von Freihöfen wie dem Heiligenkreuzerhof, dem seit 1278 dem Benediktinerkloster Kleinmariazell im Wienerwald gehörigen Mariazellerhof und dem Turmhof, nach seinen Besitzern später Röttinger- und Sauerhof genannt, die auch Bäder hatten. Dieses verschachtelte Konglomerat von Herrschaften und Besitzungen wuchs erst ab der Mitte des 19. Jahrhunderts und endgültig vor dem Ersten Weltkrieg zur heutigen Stadt Baden zusammen. Im 16. Jahrhundert wurden wohl Bürgerhäuser, vor allem an den Fassaden, dem neuen Renaissancestil angepaßt und so mancher stimmungsvolle Arkadenhof blieb bis heute erhalten, der den Willen der Bürger zur Erneuerung zeigt. Weitgehender wurden freilich die Burgen und Schlösser im Zeitgeschmack adaptiert, besonders prächtig Schloß Weikersdorf mit seinem schönen Hof mit Laubengängen (1579). Die religiösen Erschütterungen der Reformation ergriffen bald nach 1520 auch Baden, das fast ganz lutherisch wurde. So mußten etwa die Augustinereremiten 1538 ihr Stammkloster in Baden fluchtartig verlassen, das sie erst 1584 wieder in Besitz nehmen konnten. Die evangelischen Prädikanten predigten in den Herrschaftssitzen und Kirchen und die wenigen verbliebenen Katholiken mußten ihre Messen in einem Bürgerhaus halten. Erst 1627 mußten die letzten lutherischen Prediger und Schulmeister endgültig das Land verlassen. Eine ganze Reihe von kunstvollen Renaissance-Epitaphen hier ansässiger oder begüterter Familien in und an der Stadtpfarrkirche stammen aus dieser Zeit. Die vom Kaiserhaus und Kardinal Melchior Khlesl eifrig betriebene Gegenreformation griff scharf um sich, aber noch Jahrzehnte später hielten sich vereinzelt Protestanten in der Gegend. 1584 gebot ein Befehl Kaiser Rudolfs II. dem neuen Besitzer der Herrschaft Rauhenstein, Georg Saurer von Sauerburg, die ganz heruntergekommene »Capelln St. Hellena« wieder für den katholischen Gottesdienst herzustellen. Dieses wohl auf einen Bau des 13. Jahrhunderts zurückgehende, aber erst 1518 erwähnte spätgotische Kirchlein unter der Burg Rauhenstein wurde später barockisiert und erhielt 1750 den berühmten »Töpferaltar«, eine kostbare Sandsteinarbeit um 1500, die nach dem päpstlichen Verbot der personalen Trinitätsdarstellung 1745 aus dem Wiener Stephansdom an die damaligen Inhaber der Herrschaften Weikersdorf, Rauhenstein und Rohr, Karl Hieronymus von Doblhoff und seine Frau Maria Magdalena, geborene von Quarient, verkauft wurde.

In die Mitte des 16. Jahrhunderts fällt auch eine frühe karitative Stiftung in der Stadt, der erst im 19. Jahrhundert andere folgen sollten. 1542 stiftete der kaiserliche Hauptmann der Burg Baden Gerowich Auer von Herrenkirchen, der 1551 als letzter seines Geschlechtes starb und dessen Grabplatte in der Stadtpfarrkirche erhalten ist, seinen Edelsitz vor dem Heiligenkreuzertor samt der anschließend am Mühlbach gelegenen Bruckmühle und Zugehörungen der Stadt zu einem Bürgerspital, also Versorgungshaus, für je sechs arme Bürger und Bürgerinnen Badens. Die Wirtschaftsteile wurden verpachtet, auch die »Spittal-Mühlen in Bestand

gegeben«, dann aber 1753 ganz stiftungswidrig verkauft und schließlich 1885 zu einem Wohnhaus umgestaltet (Annamühle). Trotz mehrfacher Veränderungen blieb dieser anheimelnde Baukomplex mit der barockisierten Annakapelle im großen und ganzen in seiner alten Gestalt erhalten. Im längst verschwundenen Mühlgarten konvertierte 1697 Kurfürst Friedrich August der Starke von Sachsen zum katholischen Glauben, um zum König von Polen gewählt werden zu können.
Das gesellschaftliche Badeleben des 17. Jahrhunderts im Herzogsbad schildert sehr anschaulich Matthäus Merians d. Ä. Kupferstich »Aigentliche Art und abbildung des Badener Bads bey Wien« in der Topographia Provinciarum Austriacarum von 1649. Georg M. Vischer wiederholte diese Darstellung dann in sehr vereinfachter Form in seiner 1672 erschienenen Topographia Archiducatus Austriae Inf. modernae. Hier hatte unter vielen anderen 1626 auch Kaiser Ferdinands II. Generalissimus im Dreißigjährigen Krieg, Albrecht von Wallenstein, das Bad gebraucht. Das 17. Jahrhundert hatte Baden nicht nur die Pestjahre 1613, 1644 und 1691, sondern auch die schweren Verwüstungen im Türkenkrieg von 1683 gebracht. Von den damals 1.176 Einwohnern wurden 848 niedergemetzelt, die meisten Gebäude und Bäder weitgehend zerstört. Großwesir Kara Mustafa, der während der Belagerung Wiens mit vier Haremsdamen auch nach Baden kam, ließ sein Zelt am heutigen Josefsplatz aufschlagen. Wie schon 1529, war auch diesmal wieder der Weinbau völlig zugrunde gerichtet. Damals, nach dem ersten Türkeneinfall, hatte König Ferdinand der Stadt als Entschädigung für die erlittenen Kriegsunbilden umfangreiche Mautprivilegien verliehen (». . . bey denen damalig fürgegangenen Türckhen Kriegen . . . unndt andern Rebellionen zimblichermassen verbrendt unndt ruinirt . . . daß gemelte Unsere Statt Baaden unndt deren Inwohner neben dem Sy durch die, ain Zeithero Layder mißrathene Weinfexung /:ohne welche Sy ainigen ersprießlichen Nutzen nit hetten:/ Starckh zuruckh geschlagen worden (und) in eüsseristes Verderben unndt hohen Schulden Last gerathen . . .«). Die weitgehend verödete Gegend südlich von Wien wurde in der Folge meist mit Zuwanderern aus der Steiermark wieder besiedelt, infolge der allgemeinen Verarmung ging der Wiederaufbau aber nur schleppend vonstatten. So war die zerstörte Pfarrkirche erst 1693 wiederhergestellt und bekam ihren barocken Zwiebelhelm und einen neuen Hochaltar aus der Kartause Gaming. Ihre barocke Einrichtung, die dann 1884 bei der Renovierung des Presbyteriums im damals modernen neugotischen Stil verschwand, erhielt sie erst Jahrzehnte später.

Johann Plaschke, Ehemalige Ansicht der Stadt Baden von Seite des Wienerthores, 1819

Auch der Badebetrieb erholte sich langsam wieder. 1698 war Zar Peter der Große in Baden und gebrauchte das Herzogsbad. Sein gegen ihn opponierender Sohn Alexej hielt sich später als Flüchtling im Schloß Weikersdorf auf, ließ sich aber bereden, nach Rußland zurückzukehren, wo er 1718 hingerichtet wurde. 1688 besuchten Erzherzogin Maria Antonia, 1697 Kaiser Leopold I., 1699 und 1707 Kaiser Joseph I. das Frauenbad, das auch weiterhin das Bad der kaiserlichen Familie bleiben sollte.
Das frühe 18. Jahrhundert brachte der schon so oft heimgesuchten Stadt neuerliches Ungemach. 1713/1714 kam noch einmal die Pest über die österreichischen Staaten und raffte in Baden 130 Menschen hinweg (». . . aber die dampfenden Mineralquellen, als wirksam gegen das Contagium der orientalischen Pest, waren für die Einwohner Badens in dieser furchtbaren Katastrophe eine Wohltat des Himmels«, gab J. A. Krickel noch 1832 einen alten Volksglauben wieder), und 1714 brach auch ein großer Stadtbrand aus. Aus Dankbarkeit für das Erlöschen der Pest ließ die Bürgerschaft die in der Not gelobte Pestsäule am Hauptplatz nach einem abgeänderten Entwurf Martino Altomontes 1714 bis 1718 von Giovanni Stanetti errich-

ten, eine der schönsten in Niederösterreich und Badens bedeutendstes erhaltenes barockes Denkmal. Der alte Pranger, der vorher an ihrer Stelle gestanden hatte, wurde in die Pfarrgasse versetzt. Die Badener gelobten auch eine jährliche Wallfahrt auf den Mariahilfberg bei Gutenstein und stifteten dorthin ein Votivbild.

1716 konnte die Stadt, nachdem sie schon 1650 das Josefsbad an sich gebracht hatte, in Verfolgung ihrer alten und nie aus den Augen verlorenen Politik auch den Herzoghof mit dem Herzogsbad und dem 1699 von seinem letzten Besitzer Graf Karl von Lamberg eingerichteten Antonsbad samt der Ursprungsquelle, von der die Bäder durch hölzerne Rohrleitungen gespeist wurden, erwerben. Dazu gehörten auch der alte Hellhammerhof (am heutigen Theaterplatz), weitere Realitäten und Weingärten. Das Johannesbad, anfangs ebenso wie das Armenbad (Ferdinandsbad) an der Schwechat nur eine offene Grube mit »Badkästen«, später Hütten, erhielt 1715 ein Badegebäude. 1755, am Tage des großen Erdbebens von Lissabon, entsprang östlich vom Sauerhof eine neue Schwefelquelle, bei der Anton Freiherr von Doblhoff 1794 das »Engelsburgbad« errichten ließ. Anfangs war dort nur ein Fußbad. Die Quelle des Franzensbades wurde erst 1802

Vinzenz Reim, Die Ursprungsbäder in Baden, um 1835

entdeckt und erhielt 1827 das kleine Badehaus mit dem runden Kuppelbau. Im weiteren Verlauf des 18. Jahrhunderts, einer durch hohe Steuerbelastungen und eine Teuerung wirtschaftlich schweren Zeit, verbesserten sich dennoch die bisher recht primitiven, einfachen Badebedingungen, und die Stadt begann sich zu modernisieren.

Die Erneuerung der Bäder begann 1758 mit der Erweiterung des Ursprungsbades und dem Neubau des Theresienbades nach einem Plan des kaiserlichen Leibarztes Johann von Humbourg, wozu Kaiserin Maria Theresia eintausend Dukaten mit der Bedingung beitrug, daß ihre blessierten Offiziere dort unentgeltlich baden durften. Unter dem Stadtrichter Johann Goßmann wurde auch das baufällig gewordene Felsengewölbe der Ursprungsquelle erweitert und eingewölbt, wobei man eine Anzahl von römischen Relikten fand. 1766 badete Kaiser Josephs II. zweite Gemahlin Josepha Maria, von Maria Theresia hierher begleitet und abgeholt, vier Wochen lang im Frauenbad. Im Jahr darauf ließ die Stadt den uralten Herzoghof in der Form neu errichten, die mit wenigen Veränderungen dann bis 1908 bestand. 1770 kam auch die Peregriniquelle in das Eigentum der Stadt, die darüber ein Fußbad errichten ließ, das 1785 und 1836 erweitert wurde. Damals erstellte der Wiener Arzt Professor Johann Heinrich von Krantz die erste genaue Analyse der Badener Quellen. In seinem Werk »Die Gesundbrunnen der österreichischen Monarchie«, 1777, führte er folgende Bäder in Baden an: Im Stadtbereich das Herzogs-, Antons- und Frauenbad, außerhalb den Ursprung (»Kessel«), das Theresien- und neue Peregrinibad, das Heiligenkreuzer-, Johannes- und Josefsbad, das Neubad und das Bettlerbad am linken, sowie das Sauer- und das Petersbad am rechten Schwechatufer.

Bald begann die Stadt auch die Verschönerung des Ortsbildes und der Anlagen in Angriff zu nehmen. 1775 wurden Alleen um die Stadtmauern und an der Wiener Straße gepflanzt. Karl Abraham Wetzlar von Plankenstern, seit 1781 Besitzer der Herrschaft Gutenbrunn, ließ das früher auch »Posthof« genannte Schloß und den Park erneuern, der dem Publikum geöffnet und mit sonntäglichen Konzerten ebenso zu einem Mittelpunkt des Kurlebens wurde wie der Park des Schlosses Weikersdorf mit seinem Teich, der teilweise bis heute erhaltenen Orangerie und der berühmten Meierei, der Vorläuferin aller späteren Kaffeehäuser in Baden. Die Reformen Kaiser Josephs II. brachten der kleinen Stadt einige Neuerungen. Schon 1783

Das neue Frauen- und Carolinenbad mit der ehemaligen Augustinerkirche, um 1830

konnte die Bürgerschaft den alten Freihof der aufgehobenen Kartause Gaming vom Religionsfonds ankaufen und zum Gasthof »Zum Schwarzen Adler« umbauen lassen. 1787 wurde die bisher Passauische Pfarre Baden zu einer landesfürstlichen Patronatspfarre, und 1785 war die Neuorganisation des Magistrats erfolgt, der nunmehr aus dem Bürgermeister (früher Stadtrichter), dem Syndikus, drei Ratsmitgliedern und vier Ausschußmännern (bisher sechs Mitgliedern des inneren und äußeren Rats) bestand. Damals begann man die Verbesserung der Sanitäts- und Badeanstalten in Angriff zu nehmen, für die 1799 auch ein verantwortlicher Badearzt von der Regierung beigegeben wurde.

Als erster bestellter Bürgermeister der Stadt amtierte Franz Mainolo, als Stadtsyndikus Johann Georg Grundgeyer. Um den gewachsenen Ansprüchen an Komfort zu genügen, erbaute Philipp Otto aus Wien 1786 »zur Bequemlichkeit und zum Vergnügen des Publikums« das Casino am Hauptplatz gegenüber dem Rathaus, und ließ es mit Speise- und Spielzimmern, einem Saal, Fremdenzimmern und einem Kaffeehaus im Erdgeschoß nobel ausstatten (später Hotel »Zur Stadt Wien«, heute Sparkasse). Dieser Unternehmer errichtete 1801 auch ein bald sehr frequentiertes Kaffeehaus vor der Sankt-Helena-Kirche (1814 vom Traiteur Daniel Walter in eine Restauration umgewandelt, später Brauhaus und seit 1885 in das neuerbaute Kurhotel Sacher integriert). 1788 waren der Pranger und der Galgen, düstere Zeugen des Strafrechts alter Zeiten, beseitigt worden. Der tüchtige Stadtsyndikus Grundgeyer veranlaßte 1792 auch die wesentliche Erweiterung des 1758 angelegten kleinen Theresiengartens vor dem Ursprungs- und Theresienbad auf den städtischen Herzogsweingärten durch den Vöslauer Herrschaftsgärtner Johann Barbé zum Stadtpark, bald auch Kurpark und kurz Park genannt, und schuf damit den Grundstock einer für Baden nicht mehr wegzudenkenden Institution. Dabei kamen um die Ursprungsquelle bedeutende Römerreste zutage. Weitere Funde machte man 1796, als nach einem Plan von Graf Camillo Lambertye anstelle der alten Holzbauten der Ursprungsbäder ein Neubau »in orientalischem Stil« durch Baumeister Hantl errichtet wurde. Aus dem Jahr 1795 stammt der von dem Regierungsingenieur Johann Georg Kolbe gezeichnete und von H. Benedicti gestochene informative Stadtplan, dem bald weitere folgten, die, zusammen mit den überaus vielen Ansichten, die Veränderungen in der aufstrebenden Stadt anschaulich dokumentieren.

Für die Unterhaltung der immer zahlreicher kommenden Badegäste mußte freilich auch gesorgt werden. Schon seit der Mitte des 18. Jahrhunderts gab

es in Baden Spektakel, Theateraufführungen von wandernden Schauspielergesellschaften, der Moserschen und der Meningerschen, in einem Stadel des Hellhammerhofes (am heutigen Theaterplatz). 1775 ließ die Stadt dort einen Theaterbau errichten, in dem seit 1783 die Marinellische Gesellschaft auftrat, und den 1785 der Unternehmer Johann Georg Wilhelm in Pacht nahm, der ihn 1798 im Inneren bequemer ausstatten ließ. Am Ende des 18. Jahrhunderts waren so die Grundlagen für die drei wichtigsten Institutionen des gesellschaftlichen Kurlebens in Baden geschaffen, Casino (damals freilich noch kein Spielcasino), Park und Theater, die im kommenden Jahrhundert einen ungeahnten Aufschwung erleben und bis heute — neben den Bade- und Kuranstalten — die traditionellen Pfeiler des Fremdenverkehrs der Stadt bleiben sollten.
Nach Christoph Willibald Gluck, der 1781 und 1789 zur Kur kam, war als einer der ganz Großen der Musikgeschichte Wolfgang Amadeus Mozart im Sommer 1791 öfters in Baden, wo seine Frau Konstanze die Kur im Antonsbad gebrauchte und im Grundgeyerschen Haus »Zum Blumenstock« in der Renngasse (heute Nr. 4, Mozarthof) logierte. In dessen längst verschwundenem Gartenhäuschen schrieb Mozart am 17. Juni 1791 für den befreundeten Badener Schulmeister und Regenschori Anton Stoll das berühmte »Ave verum corpus«, das dieser dann in der Stadtpfarrkirche zur Aufführung brachte. 1800 war dann auch Joseph Haydn in Baden, wo seine Frau zur Kur weilte, im März starb und hier auch begraben wurde.
Seit Kaiser Franz II., der im Sommer meist in Laxenburg residierte, 1793 den neu angelegten Stadtpark besichtigt, 1795 wie alle seine Vorgänger die Stadtprivilegien bestätigt und 1796 erstmals »mit bestem Erfolg« eine Kur im Frauenbad absolviert hatte, begann für Baden eine neue Ära. Der Kaiser, seit 1804 Franz I. von Österreich, kam ab nun fast alljährlich nach Baden, das er schätzte und förderte, und wohnte mit seiner Familie bis 1812 im Augustinerkloster. Als Wohltäter Badens erwies sich auch sein Generaladjutant, General Camillo Graf Lambertye, der 1798 nach seinen Angaben von Hantl auch den Äskulaptempel als ersten »antiken« Bau Badens im Stadtpark errichten ließ, 1800 wesentlich zu den Kosten des nach einem Plan des Hofarchitekten Louis de Montoyer ebendort errichteten »türkischen Kiosk« (abgetragen 1853) beitrug und im selben Jahr auf den ebenfalls von Montoyer entworfenen Redoutensaal hinter dem Theater auf eigene Kosten ein zweites Stockwerk setzen ließ (abgerissen 1908 für den Theaterneubau). Damals war auch die Trinkkur wieder mehr in Mode gekommen, die Mineralwässer wurden beim Ursprung und dann auch im sehr beliebten Kiosk ausgeschenkt.
Die Franzosenkriege machten sich hier zuerst 1799 durch die Einquartierung russischer Truppen bemerkbar, die gegen die Franzosen in Italien marschierten, die Invasionen von 1805 und 1809 trafen Baden dann aber hart. Im November 1805 rückten die Franzosen unter General Caffarelli vom Helenental her ein und mußten mit Marschall Soult, Divisionsgeneral Legrand, dem Platzkommandanten Laval, den Stäben und über eintausend Offizieren und Soldaten, von der Stadt mit allem verpflegt werden, wozu noch eine Kontribution von sechstausend Gulden gefordert wurde. Als Beschaffer der Summe erwiesen sich der erste Jude, der seit 1805 ständig mit seiner Familie in Baden wohnen durfte, Isaak Schischa, und sein Kompagnon Aron Gellis, beide aus Mattersburg, in den Sommersaisonen seit 1780 »Traiteurs der hiesigen Judenschaft«, als sehr nützlich. Am 2. Dezember hielt der siegreiche Napoleon eine große Truppenrevue bei Traiskirchen ab, und nach dem Frieden von Preßburg zogen die Franzosen am 11. Jänner 1806 mit Requirierung zahlreicher Pferde und Wagen wieder ab. In dieser Zeit erwies sich Stadtbaumeister Hantl als tüchtiger Quartiermeister und Verhandler für den Stadtrat. 1809 stand Napoleon wieder als Sieger in Wien und besuchte am 1. Oktober von Schönbrunn aus Baden. Er besichtigte die Bäder und das Helenental und zeigte sich von der Aussicht von Rauhenstein aus gefesselt. Am 15. Juni 1810 wurde Kaiser Franz in Baden ein feierlicher Empfang mit Illumination und Transparenten bereitet. Von 1811 bis 1834 war er dann alljährlich hier, wohnte seit 1813 im ehemals Gontardschen Haus am Hauptplatz, das später Graf Paul Esterházy und Baron Nathan Adam von Arnstein besaßen, von dem er es erwarb, und machte Baden damit zur offiziellen Sommerresidenz.
Am 26. Juli, dem Annatag 1812, zerstörte ein Großbrand vom Hauptplatz aus in kurzer Zeit 137 Häuser, fast den ganzen Stadtkern. Der Kaiser und seine Brüder, besonders Erzherzog Anton Victor, nahmen an den Rettungs- und Hilfsmaßnahmen großen Anteil, und die Öffentlichkeit ebenso. Wohltätigkeitsveranstaltungen und Sammlungen im ganzen Staat sollten den schwer geschädigten Badenern helfen, Beschreibungen und Abbildungen des Brandes wurden zu ihren Gunsten verkauft, Tobias Haslinger komponierte eine musikalische Skizze »für Badens verunglückte

Bewohner«, und Ludwig van Beethoven dirigierte in Karlsbad ein Benefizkonzert zugunsten der »Badener Abbrändler«. Bürgermeister Martin Joseph Mayer, im Amt seit 1805, bekam einen Rüffel vom Kaiser, denn der »Mangel an Lösch-Anstalten« hatte die Verheerungen noch vergrößert. Die in den letzten Jahren des 18. Jahrhunderts mit der Zuschüttung der Stadtgräben begonnene, von 1803 bis 1813 mit dem Abbruch der alten verkehrshemmenden Mauern und Stadttore fortgesetzte Erneuerung der Stadt (»um die Reinlichkeit zu befördern, Luft und Licht Eingang zu verschaffen«), die Anlage von Kanälen, einer Straßenpflasterung und -beleuchtung, die Regulierung des Mühlbaches usw., gipfelte dann nach dem Brand in einem gewaltigen Wiederaufbau. »Der große Umbau der Altstadt nach dem Brand von 1812 und der fortgesetzte Ausbau der Stadt haben das Stadtbild im Sinne des Francisceischen Klassizismus beziehungsweise des Empire und des beginnenden Biedermeier tatsächlich fast zur Gänze umgewandelt« (M. Farka). Von 1802 bis 1827 wurden auch die Badegebäude umgebaut oder neu errichtet (1802 Johannesbad, 1804 Josefsbad-Zubau, 1812 Leopoldsbad, 1819 bis 1821 das von Kaiser Franz gestiftete Petersbad [Militär-Badehaus], 1821/1822 Frauen- und Karolinenbad, 1822 Engelsbad, 1827 Franzensbad).

Zum führenden Architekten dieser Zeit in Baden wurde Josef Kornhäusel aus Wien, dessen repräsentative Bauten für meist private Auftraggeber das Stadtbild prägten und die er durchwegs durch den Stadt- und Kreisamtsbaumeister Anton Hantl ausführen ließ. Nach den Häusern für Apollonius Hebenstreit (1801) und Anton von Jäger (1810) in der Theresiengasse, Karl Graf Esterházy und Friedrich Freiherrn von Haan (1818) am Theaterplatz baute er auch 1811 für den neuen Theaterpächter Baron Franz Zinnicq ein neues Theater, das zwar beim Stadtbrand unbeschädigt blieb, 1817 aber bereits als zu eng geworden von ihm vergrößert werden mußte. Für Haan überbaute er auch die von diesem 1814 erworbene Brandruine des 1812 aufgehobenen Augustinerklosters und errichtete 1816 davor das »Florastöckl«, genannt nach der Giebelplastik von Josef Klieber. Diesen ehemaligen Klosterkomplex erwarb 1826 schließlich Kaiser Franz und erhob die Kirche zur Hofkirche. Klieber stattete auch eine Reihe weiterer Bauten Kornhäusels kongenial mit Plastikenschmuck aus. Damit hatte sich Kornhäusel für zwei Großprojekte legitimiert, den Neubau des gewaltigen Hotel- und Badekomplexes des Sauerhofes 1820 bis 1822 mit dem neuen

C. L. Hoffmeister, Das Scheinersche Kaffeehaus mit Engelsbad und Sauerhof, um 1830

Engelsbad daneben für Karl Freiherrn von Doblhoff, sowie gleichzeitig den des Schlosses Weilburg für Erzherzog Karl und seine junge Gemahlin Henriette von Nassau-Weilburg am Fuß des Rauheneckerberges. Schon im Juni 1823 konnte das schlichte, aber repräsentative Schloß, Kornhäusels Hauptwerk und der bedeutendste Schloßbau des Klassizismus in Österreich, bezogen werden. Von der Weilburg, die bei Kriegsende 1945 abbrannte und deren Ruinen 1964 schließlich gesprengt wurden, ist bis auf Teile von Nebengebäuden (Kavaliershäuser) und Plastiken Kliebers fast nichts erhalten geblieben. Sehr viele Prospekte und Ansichten sowie Interieurs zeigen seine Pracht und die Eleganz auch der Ausstattung. Das Mobiliar stammte zu einem großen Teil aus der Danhauserschen Fabrik in Wien. 1836 scheint Kornhäusel wieder mit der Villa Perger in Gutenbrunn auf, war möglicherweise aber auch noch bei weiteren Villenbauten beschäftigt.

Die städtischen Neubauten dieser Jahre gehen nach neuen Forschungen aber in der Hauptsache auf Pläne von Hofarchitekten und des Hofbauamts zurück (Rathaus 1815, Frauenbad 1821/1822). Als weiterer bedeutender Wiener Baukünstler war damals auch Pietro von Nobile mit dem Entwurf zur Villa Hudelist (später Villa-Secca, dann Löwenstein, heute Haus der

Kunst, Kaiser-Franz-Ring 7) 1818/1819 in Baden tätig. Daneben waren natürlich neben Anton Hantl auch andere einheimische Bau- und Maurermeister mit dem Bau von zahlreichen Stadt- und Landhäusern beschäftigt, die das biedermeierliche Bild der Stadt, die sich besonders gegen Westen ausdehnte, wesentlich mitprägten. Hatte Baden um 1800 noch 1.930 Einwohner, waren es 1815 bereits 4.219 (mit den »Vororten« Gutenbrunn, Weikersdorf und Leesdorf). Gleichzeitig waren neue Straßen- und Brückenbauten nötig geworden, wobei auch neueste technische Errungenschaften Anwendung fanden. 1813 legte man den Grundstein zur Louisenbrücke vom Josefsplatz zum Café Scheiner, einem elegant geschwungenen Ingenieurbau in Gußeisenkonstruktion von Franz Egger, deren Erinnerungstafel mit den Worten begann: »Ich bin die erste eiserne Brücke in den k. k. Staaten . . .«. Bei der feierlichen Eröffnung am 15. Juni 1815 stürzte sie aber wegen Überlastung ein, wobei viele Schwerverletzte zu beklagen waren. Diesmal galt die Rüge des Kaisers den Beamten der zuständigen Behörden. Die Louisenbrücke wurde darauf durch eine Holzbohlenkonstruktion mit eisernem Geländer ersetzt (später Löwen- und Franz-Josephs-Brücke).
Ein etwas später viel bewundertes technisches Unternehmen war auch der 1826/1827 durch den Felsriegel des Urtelsteins, der das Helenental stark einengte und auf einem steilen Weg umgangen werden mußte, gesprengte »Durchbruch« oder die »Galerie«. Kaiser Franz ließ dann eine neue Fahrstraße und Wege längs der Schwechatufer und zu den Ruinen anlegen und bepflanzen (»Wegerl im Helenental«). Beim Urtelstein bestand seit 1775 auch die »Klause«, ein steinerner Rechen zum Auffangen des Schwemmholzes der Schwechat. 1805 wurde der Rechen nach St. Helena verlegt, die Klause abgebrochen und an ihrer Stelle die Antonsbrücke erbaut. Östlich von Baden führt der Wiener Neustädter Kanal vorbei, eine 1797 bis 1803 vom Staat angelegte schmale Wasserstraße für den Warentransport nach Wien, der allerdings mit dem Bau der Südbahn 1841 seine Bedeutung fast gänzlich verlor.
Mit dem ständigen Sommeraufenthalt der Kaiserfamilie und des Hofstaats, zahlreicher Adeliger und reicher Großbürger entstand in der Folge jenes bald auch internationale Leben und Flair einer einmaligen Zeitspanne, die später zu Recht Badens Glanzzeit genannt wurde. Erzherzog Anton Victor ließ 1816 sein schlichtes Palais in der Wiener Gasse (heute Antonsgasse 10 und 12) mit Gartenanlagen und Glashäusern für exotische Pflanzen erbauen, die Kaiserbrüder Ludwig, Rainer, Friedrich und Rudolf waren auch häufig in Baden, und Marie Louise, die Franz I. 1810 Napoleon hatte zur Frau geben müssen und die nach dessen Sturz nach Wien zurückgekehrt war, wohnte in Baden im Florastöckl. Ihr und Napoleons Sohn, der junge Herzog von Reichstadt, dort und in der nahen Breyergasse (»Zum griechischen Tempel«, Nr. 5). Auch die jüdischen Wiener Bankiers, teilweise bereits nobilitiert, wie die Pereira-Arnstein, Eskeles, Offenheimer, Mendelssohn und andere, verbrachten mit ihren Familien die Sommer in Baden, wollten nicht nachstehen und zeichneten sich besonders durch Großzügigkeit in karitativer Hinsicht aus, etwa durch hohe Spenden für das 1811 von einer »Gesellschaft adeliger Frauen zur Beförderung des Guten und Nützlichen« in Dörfl bei Weikersdorf gegründete Marienspital für bedürftige auswärtige Badegäste. Sie alle zogen zahlreiche Freunde und Besucher hierher, von den wirklich kranken Badbenützern gar nicht zu reden. Die Durchsicht der seit 1805 gedruckten Kurlisten gibt einen Eindruck von der Masse und Breite des Badener Publikums.
Einen Höhepunkt dieser Epoche brachte der Wiener Kongreß 1814/1815, der sozusagen zeitweise nach Baden auswich. Sein wahrer Dirigent, Staatskanzler Fürst Clemens Metternich, der sich dann 1834 ein Palais in der Theresiengasse (Metternichhof, Nr. 10) ausbauen ließ, sein enger Vertrauter Friedrich von Gentz und alle die unzähligen Aristokraten, hohen Diplomaten und Militärs der beteiligten Staaten konferierten, intrigierten und flirteten auch in Baden auf unglaublich vielen Diners, Bällen, Reunionen, Konzerten, am Spieltisch sowie bei Ausflügen in die Umgebung, besonders zur Hauswiese und zu den Krainerhütten im Helenental. Die berühmten schönen Damen wie die Herzogin Wilhelmine von Sagan, die Fürstin Katharina Bagration, die Gräfin Laura Fuchs und andere zogen ihre Kreise, Karoline Pichler, Rahel Levin-Varnhagen und Fanny von Arnstein führten auch hier intellektuelle und literarische Salons, ebenso Gräfin Rosalie Rzewuska, die in ihrem 1810 in der Berggasse errichteten Sommerhaus die polnische und russische Gesellschaft um sich scharte. Um 1813 hatte sich auch Graf von Aichelburg in der Helenenstraße eine stattliche Villa erbauen lassen.
Der Kurpark, obwohl damals nicht der größte oder schönste in Badens Umgebung, strahlte eine ganz besondere Anziehungskraft aus und war der tägliche Rendezvousort aller. Später schrieb der vielseitige Wiener Literat

Ignaz Franz Castelli, ein häufiger Besucher Badens, in seinem launigen »Brief aus und über Baden« (1837):

»Der Park. — Je nun, man muß gestehen,
Der ganze Park besteht aus einigen Alleen,
Worin die Leute auf und nieder gehen,
Um gesehen zu werden und zu sehen.
Die größte Promenade ist von zwölf bis eins,
Da sieht man nobles Volk und gemeins,
Alles geht und sitzt in den mittleren Alleen,
Jene, welche auf die Seite hinübergehen,
Pflegen nach der Trinkanstalt zu wandern
Oder nach etwas Andern . . .«

Von 1807 bis 1812 hatte der Park durch die berühmten Anlagen des Fabrikanten Ignaz Gabriel Freiherrn von Lang gegen den Kalvarienberg zu eine mit großen Kosten auf den kahlen Felsen gestaltete Erweiterung erfahren. Die Langschen Anlagen hatten eine indirekte Fortsetzung in der Alexandrowicz-Anlage, einer seit 1806 anstelle von Weingärten am Abhang des Mitterberges von Gräfin Marcelline Alexandrowicz unter ebenfalls größten Mühen gepflanzten romantischen Parkstrecke, einem Lieblingsziel der Spaziergänge von Kaiser Franz.

Nachmittags war dann ein Besuch im Scheinerschen Kaffeehaus über der Schwechat absolut de rigueur:

». . . Von Drei bis Vier, da fehlet keiner,
ein Bündnis ist es, ein geschworenes,
sie sitzen alle da bei Scheiner
und rauchen friedlich ein Gefrorenes!«

bemerkte der oft angefeindete Journalist und Satiriker Moritz Gottlieb Saphir, der Baden einmal »ein kleines Wien in Aquarell« genannt hatte und 1858 in Baden starb, mit seiner spitzen Feder. Das 1801/1802 von Jakob Scheiner erbaute Haus mit seiner Säulenterrasse zur Schwechat (später Café Schimmer, Schopf und Kammerzell), das sich eines legendären Rufes erfreute, bestand bis in den letzten Weltkrieg und wurde 1956 abgebrochen. An seiner Stelle erhebt sich seither ein hoher Wohnblock. Ein Sammelpunkt besonders von Wissenschaftlern und Künstlern war die ab 1809 von Hantl für den polnischen Gelehrten und Präfekten der Hofbibliothek Josef Maximilian Graf Ossolinski in damals noch ganz freier Umgebung errichtete große Villa (Schloß Braiten, Braitner Straße 26) mit ihrem schönen Park, der auch dem »gebildeten Publikum« geöffnet war und den ein romantisches tempelartiges Lusthaus zierte. Hier wohnte im Sommer 1816 auch der wohl berühmteste Besucher Badens unter den vielen Zelebritäten, Ludwig van Beethoven. Von 1804 bis 1825 weilte Beethoven häufig in Baden, dessen Bäder und landschaftliche Umgebung ihm besonders zusagten, und logierte in verschiedenen Quartieren. Als »Beethovenhäuser« in Baden gelten neben dem ehemaligen »Kupferschmiedhaus« (»Haus der Neunten«, Rathausgasse 10), in dem eine Beethovengedenkstätte eingerichtet ist, das Johannesbad, der Sauerhof, das Ossolinskische Haus, »Zum goldenen Schwan«, Antonsgasse 4, und der Magdalenenhof, Frauengasse 10. Die beiden letzten Sommer über wohnte er in der 1968 abgerissenen Eremitage des schon 1897 demolierten Schlosses Gutenbrunn, an dessen Stelle das Sanatorium des Dr. Gustav Lantin errichtet wurde. In Baden schuf Beethoven Teile seiner Neunten Symphonie, »Wellingtons Sieg oder die Schlacht bei Vittoria«, die Ouvertüre »Zur Weihe des Hauses« und andere Werke, empfing die Besuche von Musikern, Gelehrten und Schriftstellern aus halb Europa, 1823 auch Carl Maria von Weber, die nach Baden kamen,

Norbert Bittner, Schloß Weilburg und der Holzrechen bei St. Helena, um 1825

um den damals am Gipfel seines Ruhmes stehenden berühmten »Tonsetzer« wenigstens zu sehen. Bis zum heutigen Tag ist Baden das Ziel vieler Beethoven-Verehrer, gilt das »Haus der Neunten« als musikalische Weihestätte der Welt, und hat die Stadt ihrem berühmtesten Gast Denkmäler und Jubiläumsfeiern gewidmet. Auch viele weitere große Musiker kamen damals und später in die Badestadt, 1805, 1817 und 1820 etwa Antonio Salieri, der damals den Kanon »Zum Lob des Greiner Hüttel« komponierte. Franz Schubert logierte wohl nur einmal im Juni 1829 im »Schwarzen Adler«, wo er eine Orgelfuge schrieb, die er danach im nahen Stift Heiligenkreuz aufführte. Im Herbst dieses Jahres war auch der junge Felix Mendelssohn-Bartholdy zu Besuch bei Verwandten im Hause Pereira-Arnstein und gab vor geschlossener Gesellschaft ein Orgelkonzert in der Stadtpfarrkirche. Anton Diabelli und Carl Czerny, deren Klavierschulen bis heute in Gebrauch sind, kamen 1807 beziehungsweise zwischen 1819 und 1834. 1833 war der russische Komponist Michail Glinka zur Kur in Baden. Im dritten und vierten Jahrzehnt des 19. Jahrhunderts spielten auch die Wiener Walzerkönige Johann Strauß Vater, der der Stadt mehrere Walzer widmete (»Souvenir de Baden« 1830, »Mein schönster Tag in Baden« 1832) und Joseph Lanner mit ihren Kapellen im »Adler«, Redoutensaal, Park und auf der Hauswiese im Helenental auf. Der Gesellschaftslöwe der Kongreßtage Friedrich von Gentz hielt 1830 der von ihm verehrten weltberühmten jungen Tänzerin Fanny Elßler eine Sommerwohnung in Baden. 1835 trat die gefeierte Primaballerina auch im Badener Theater auf und stieg sehr viel später, 1884, hier noch einmal im Herzoghof ab.

Auch die Namen fast aller bedeutenden Dichter und Schriftsteller dieser Zeit sind mit Baden verbunden. Joseph von Eichendorff, damals Student in Wien, kam erstmals 1811 nach Baden, das er erst 1846/1847 bei einem längeren Besuch bei seiner jüngsten Schwester Luise wiedersah, die sich 1840 hier endgültig (heute Kornhäuselgasse 10) niedergelassen hatte. Die seltsame »Katzenbaronin«, die 1852 mit dem verehrten seelenverwandten Dichter Adalbert Stifter, der sie auch dreimal besuchte, in Kontakt trat, starb 1883 völlig vereinsamt und in geistiger Verwirrung in Wien und wurde am Helenenfriedhof in Baden begraben. Aus dem Wiener Romantikerkreis predigte der mystische Dichter und Priester Zacharias Werner 1811 in der Helenenkirche, und Friedrich von Schlegel besuchte mehrmals seine Frau Dorothea, die 1823 bis 1827 in Baden zur Kur war. Ludwig Uhland wurde 1838 von Erzherzog Karl in der Weilburg empfangen, wo sich 1842 auch Nikolaus Lenau mit Sophie Löwenthal traf, der femme fatale seines Lebens, deren Vater der Vermögensverwalter des Erzherzogs war.

Sehr viele Sommer seines späteren Lebens verbrachte schließlich Österreichs Nationaldichter Franz Grillparzer in Baden, auf dessen Bühne schon 1817 sein Jugendwerk »Die Ahnfrau«, das ihn über Nacht berühmt gemacht hatte, gegeben wurde. 1818 wohnte er im Haus »Zum Blumengarten« in Gutenbrunn (Rollettgasse 4), wo er die Idee zur Trilogie »Das goldene Vließ« faßte, und kam dann ab 1848 mit wenigen Unterbrechungen fast jährlich bis 1871 wieder. Er logierte meist im Magdalenen-, Metternich- und Sauerhof, die letzten Sommer stets im Herzoghof. Der einsame alte Herr Archivdirektor, eine allgemein hochverehrte und geschätzte Erscheinung in Baden, war damals täglich auf einer bestimmten Bank im Park anzutreffen. Dort errichtete die dankbare Stadt ihrem Ehrenbürger (seit 1865) bereits zwei Jahre nach seinem Tod, 1874, das erste Denkmal.

Neben den Hofkreisen und all den gesellschaftlichen Zirkeln und Salons der Hochgeborenen und Reichen, die sich in Baden niedergelassen hatten, und den biederen einiger Stadtbürger, wie etwa dem des Apothekers und Bürgermeisters (ab 1832) Johann Nepomuk Trost am Hauptplatz 2, war im Biedermeier und Vormärz das wahre geistige Zentrum Badens aber zweifellos das bescheidene Haus des Wundarztes, Geburtshelfers und Tierarztes Anton Franz Rollett (1778 bis 1842) in Gutenbrunn. Der Nachkomme einer alten Badener, um die Mitte des 17. Jahrhunderts aus Savoyen eingewanderten Handwerkerfamilie, war als Mensch, Arzt und Naturforscher allgemein beliebt und geschätzt. Neben seinem Beruf auch als Sammler unermüdlich tätig, pflegte er rege Kontakte zur Kaiserfamilie, den Adeligen, bedeutenden Gelehrten und Künstlern. Alles was in Baden war und Rang und Namen hatte, aber auch viele einfache Menschen, besuchten das dann in seinem neuen Gartenhaus in der Berggasse aufgestellte »Museum« mit den reichhaltigen vor allem naturwissenschaftlichen Sammlungen, worüber das erhaltene Gästebuch Rolletts ein beredtes Zeugnis gibt. 1825 erhielt er auch die Schädelsammlung des Phrenologen Dr. Franz Joseph Gall. Über ein Jahrzehnt war er auch unentgeltlich für das unter seiner Mitwirkung 1813 eröffnete Marienspital für arme Kranke tätig und erlangte auch in seiner Eigenschaft als Landgerichtsarzt und Obduzent Ferdinand Raimunds, der 1837 in Pottenstein Selbstmord verübt hatte, Berühmtheit.

Die Rollettschen Sammlungen kamen schließlich 1867 von den Erben als Schenkung an die Stadtgemeinde und wurden von einem seiner Söhne, Dr. Hermann Rollett, dem ersten Stadtarchivar und -kustos Badens, weiter vermehrt und betreut. Diese großherzige Schenkung legte den Grundstock zu Badens reichen Städtischen Sammlungen (»Rollett-Museum«). 1825/1826 wurde anstelle des alten Mariazellerhofes in der Marchetstraße, den der Kaiser schon 1796 vom Religionsfond angekauft und »den armen Badebedürftigen« gewidmet hatte, das »Wohltätigkeitshaus« mit dem Mariazellerbad neu eingerichtet. Als Erinnerung an die glimpflich an Baden vorübergegangene Cholera stifteten 1832 Anton Boldrini und seine Frau im Helenental die gotisierende »Cholerakapelle«, ein frühes Denkmal des Historismus im Badener Bereich.

Ein Ereignis änderte aber plötzlich alles. Ein fehlgeschlagenes Attentat auf den Thronfolger Ferdinand am 9. August 1832 verleidete der kaiserlichen Familie die Sommeraufenthalte in Baden. »Mit diesem Pistolenschuß endete auf einen Schlag der Zauber« (P. Tausig, 1914). Ein Dankfest wurde auf der Hauswiese abgehalten, 1833 der »Ferdinandsbrunnen« an der Pestsäule errichtet, und im Sommer 1834 versammelten sich noch einmal die kaiserliche Familie und eine glänzende Hofgesellschaft in Baden, das damals mit 6.028 Personen seine bis dahin höchste Gästezahl zählen konnte, die zweithöchste aller österreichischen Kurorte nach Karlsbad.

Damit und vollends mit dem Tod Kaiser Franz I. und Erzherzog Antons 1835, der Jahrzehnte hindurch wärmsten Förderer Badens, begann ein schmerzlich fühlbarer Abstieg für die Stadt, denn auch viele Adelige und Stammgäste blieben nun aus. Durch die schlechtere Finanzlage konnten etwa die gewohnten täglichen Konzerte im Park nicht mehr bestritten werden, weshalb sie eine Zeitlang Franz Graf Pálffy aus eigener Tasche bezahlte, dem auch 1850 die Gründung eines ständigen Kurorchesters zu danken ist. Das vierte Jahrzehnt des Jahrhunderts brachte der Stadt eine wesentliche Verkehrserleichterung durch den Bau der Südbahn 1841. Hatte man bisher für die Fahrt mit dem Pferdewagen von Wien hierher noch zwei bis drei Stunden benötigt, war es mit der Bahn nur etwa eine. Gleichzeitig wurde auch die »Kurtaxe« eingeführt und im Kurpark der offene Holzbau der Arena, des ersten Sommertheaters des Landes, errichtet. 1843/1844 ließ die Stadt an der Westseite des Parks eine Trinkhalle erbauen, die bis zum Kurhaus-Neubau 1885 bestand, 1848 die Mineralschwimmschule nach Entwürfen von Eduard van der Nüll und August von Siccardsburg, die 1850 im nach Osten erweiterten Kurpark auch »Dampf-Douche- und Wannenbäder« errichteten. Damals entstanden »überall neue geschmackvolle Landhäuser«, vor allem in der Marchet- und Weilburgstraße (zum Beispiel Theresien-Villa von Paul Wasserburger, Villa Traun von Friedrich Ludwig Förster und Theophil Hansen, 1847), und der Badener Baumeister Gabriel Zimmermann und viele andere errichteten ab nun eine Reihe weiterer Villen, mit denen der Historismus voll zum Durchbruch kam.

Die Ereignisse der Revolution von 1848 kamen Baden insofern zugute, als es eine wahre Zufluchtsstätte der »gut (kaiserlich) Gesinnten« aus dem aufrührerischen Wien dieser Monate wurde. Die Demokraten nannten »das reaktionäre Nest Baden« daher höhnisch »Schwarzgelbowitz«. Auch hier wurde eine Nationalgarde zur Aufrechterhaltung von Ruhe und Ordnung aufgestellt, es kam aber zu keinen Demonstrationen. 1849 war Baden keine landesfürstliche Stadt mehr, und das neue Gemeindegesetz brachte den früheren Herrschaften die freie Gemeindeverwaltung und die Grundentlastung. So wurde auch Weikersdorf mit den Ortsteilen (Katastralgemeinden) Rohr, Braiten, Alland, Dörfl mit Rauhenstein, St. Helena und Thurngasse zu einer großen Gemeinde zusammengeschlossen. Gutenbrunn und Leesdorf wurden 1850 mit der Stadt vereinigt (erst 1879 gänzlich durchgeführt), aber Weikersdorf, das seit 1868 mit Baden zwar ein gemeinsames »Kurstatut« besaß, sträubte sich bis 1912 gegen die seit einem Jahrhundert aus vernünftigen Gründen immer wieder angeregte Zusammenlegung mit Baden. Nach einer gewissen Stagnation kam es dann besonders nach der Einführung der konstitutionellen Staatsform 1867 (im folgenden Jahr wurde Baden Sitz einer Bezirkshauptmannschaft) zu einem gewaltigen Aufschwung und dem Bauboom der folgenden Gründerzeit. Auf großen Grundstücken locker verbaute neue Straßenzüge und Viertel, öffentliche Bauten und große Wohnhäuser schufen nun mit dem klassizistisch-biedermeierlich geprägten Stadtkern das neue, für Baden typische Stadtbild. Gegen und nach 1900 charakterisierten vor allem viele neue Hotels, Pensionen, Kuranstalten, Cafés usw. den Badeort des Fin de siècle in Formen des späten Historismus und auch des Jugendstils, in dem mehrere Hausensembles und auch zwei Villen von Otto Wagner errichtet wurden (Sanatorium Schloß Gutenbrunn 1897, Städtische Bade- und Kuranstalt im Park 1902, Hotels Grüner Baum, Brusatti, Ebruster, Central und Sacher

Der Park in Baden mit Äskulaptempel und Kiosk (nach Thomas Ender), um 1830

sowie Herzoghof 1910 und Esplanade 1912, ferner zahlreiche Pensionen wie die 1900 bis 1912 im Westen entstandenen Rauhenstein, Quisisana, Melanie, Exquisite und Silvana). Der Bau des lange vermißten Kurhauses anstelle des Theresienbades im Kurpark, 1884 bis 1886 nach Plänen der Architekten Eugen Faßbender und Maximilian Katscher im italienischen Neorenaissancestil errichtet, zeigt in seinen Dimensionen und seiner prunkvollen Ausstattung so recht das Streben zum Weltkurort. Gleichzeitig war das Rathsche Krankenhaus in Leesdorf gebaut worden und 1887 die Evangelische Kirche (Erzherzog-Wilhelm-Ring 54), seit 1894 eine selbständige evangelische Pfarrgemeinde. 1874 war eine israelitische Kultusgemeinde entstanden, deren Bethaus in der Wassergasse 14 lag, denn auch sehr viele Kurgäste waren mosaischer Konfession. Als erster Rabbiner wurde 1880 Wilhelm Reich installiert.

Die moderne Technik hielt 1894 mit der Elektrifizierung ihren Einzug in Baden, die die seit 1866 bestandene Gasbeleuchtung ersetzte, wie die 1894 von Leesdorf nach Rauhenstein geführte elektrische Bahn die seit 1873 vom Bahnhof dorthin verkehrende Pferdebahn (eingestellt 1930). Im Jahr darauf wurde eine weitere Linie nach Vöslau geführt (bis 1951), und seit 1907 verbindet die »Badner Bahn« in direktem Lokalverkehr Wien mit der Kurstadt. 1903 erhielt Baden, seit 1873 von der Wiener Hochquellenwasserleitung, deren gewaltiger Viadukt seither den Eingang des Helenentals überspannt, versorgt, endlich eine eigene Wasserleitung von Ebenfurt aus und ein neues Kanalsystem mit einer der damals modernsten Kläranlagen.

Gleichzeitig mit der großstädtisch gewordenen Hotellerie und Gastronomie hatten sich auch Handel und Gewerbe gewandelt und angepaßt. War neben dem Weinbau seit dem Mittelalter hier auch der Safran- und Hanfanbau bis in den Anfang des 19. Jahrhunderts betrieben worden, kamen damals Weichselbaumpflanzungen auf, die unter Michael Biondek und Franz Trenner zu kleinen Industrien anwuchsen. Eine Badener Spezialität waren nämlich Pfeifenrohre, Zigarrenspitzen, Spazierstöcke und anderes aus dem duftenden Holz der wilden Steinweichsel geworden, die damals in Massen exportiert und noch bis in unser Jahrhundert hinein erzeugt wurden. Im 19. Jahrhundert waren ferner die »Badener Handschuhe« und Messerwaren, sowie die bis heute berühmten mürben Badener Kipfel und die vom Konditor J. Genthon erfundenen Kaffeebonbons beliebte Spezialitäten der Stadt. Größere Fabrikbetriebe gab es damals wenige, einer der ersten war die von Friedrich Wüste 1870 in der ehemaligen Rohrmühle in Leesdorf eingerichtete Buch- und Steindruck-Farbenfabrik. Nun aber entstanden dem gehobenen Kurpublikum entsprechend zahlreiche Galanterie-, Mode-, Juwelier-, Parfumerie-, Fotografen- und andere Geschäfte, die allen Ansprüchen gerecht werden konnten, und nach der schon 1863 gegründeten Sparkasse Baden diverse Bankfilialen. 1892 war auch der Badener Trabrennverein gegründet worden, bei dessen Eröffnungsrennen am Totalisateur ein Wettumsatz von 90.000 Gulden gemacht wurde und der zunehmend auch internationale Bedeutung gewann, mit einer Unterbrechung von 1938 bis 1949 bis heute besteht und zahlreiche Championchips durchführt.

Mit dem Neubau der Sommerarena mit dem »rollenden Glasdach« im Kurpark durch Architekt Rudolf Krausz 1906 und dem des Stadttheaters durch das Architektenduo Ferdinand Fellner und Hermann Helmer 1909 erlebte die alte Theater- und Konzertkultur Badens einen neuen Aufschwung. Schon vorher aber war hier eine Hochburg des Schauspiels, der Oper, vor allem aber der Operette entstanden, Burgtheatermitglieder, solche der

Hofoper und internationale Spitzensänger gastierten in Baden, dem auch die Komponisten dieser Ära eng verbunden waren. So lebten zeitweise und starben hier die Meister der Wiener Operette Richard Genée 1895, Carl Zeller 1898 und Karl Millöcker 1899. Hier darf eingeflochten werden, daß etwa Johann Strauß Sohn seine unsterbliche Operette »Die Fledermaus« (1874) ebenso in Baden spielen ließ, wie später Arthur Schnitzler sein Bühnenstück »Das weite Land« (1911) in seiner Umgebung. Karl Komzák und Ferdinand Hellmesberger dirigierten neben vielen anderen die Kurkapelle, und fünfzig Sommer hindurch wohnte der Klaviervirtuose und Komponist Alfred Grünfeld, der 1924 starb, im Hotel »Grüner Baum«. Auch er trat oft in Baden vor einem begeisterten Publikum auf. Einer alten Badener Familie entstammte die 1853 geborene spätere berühmte Burgschauspielerin und »gnädige Frau« Kaiser Franz Josephs, Katharina Schratt, und auch der große Theatermann und Regisseur Max Reinhardt erblickte 1873 in Baden das Licht der Welt.

In den letzten Jahrzehnten der Monarchie waren stets auch Mitglieder des Kaiserhauses in Baden präsent. Erzherzog Albrecht, Erbe der Weilburg, ließ dort 1858 von Anton Hefft die neugotische Weilburgkapelle bauen, sein Schwager, Erzherzog Rainer, erwarb 1874 die Villa Epstein in der Karlsgasse, und der Hoch- und Deutschmeister Erzherzog Wilhelm ließ sich 1883 nach Plänen Franz von Neumanns am Anfang des Helenentals ein Jagdschlößchen in Renaissanceformen errichten, das sein Neffe und Nachfolger Erzherzog Eugen erbte (Eugenvilla). Nach Erzherzog Albrechts Tod 1895 lebte Erzherzog Friedrich mit seiner großen Familie bis 1919 in der Weilburg. Der beliebte Erzherzog Rainer hatte sich bis zu seinem Tod 1913, wie schon in der Biedermeierzeit Erzherzog Anton, als besonderer Protektor der Badener Belange erwiesen. 1894 erlag Erzherzog Wilhelm bei der Hildegardbrücke einem Unfall, als er sein Reitpferd an die neue elektrische Bahn nach Rauhenstein gewöhnen wollte.

Das Schulwesen in Baden hatte in der zweiten Hälfte des 19. Jahrhunderts große Fortschritte gemacht. 1855 gab es nur eine vierklassige Trivialschule im 1801 von Anton Hantl erbauten Schulhaus am Pfarrplatz, ab 1863 eine Unterrealschule (1865 Landesrealgymnasium) im ehemaligen Augustinerkloster, das erst ab 1885 achtklassig geführt wurde und 1899 in das in englischer Gotik neu erbaute Gymnasium in der Biondekgasse übersiedeln konnte. 1902 wurde auch ein Mädchenlyzeum auf Vereinsbasis durch die verdienstvolle Pädagogin Adolfine Walcher eingerichtet (seit 1922 als öffentliches Reformrealgymnasium in der Frauengasse 3 geführt), die auch weitere Fortbildungsschulen für Mädchen ins Leben rief, unter anderem eine höhere Lehranstalt für wirtschaftliche Frauenberufe in der Germergasse 5 seit 1915 (heute Höhere Bundeslehranstalt). Nach dem Zweiten Weltkrieg wurde das Schulwesen in Baden bedeutend ausgeweitet, neben neuen Volksschulen in den äußeren Stadtteilen kam es 1962 zur Einrichtung des Bundesinstitutes für Heimerziehung im Schloß Braiten, 1968 der Pädagogischen Akademie für Niederösterreich, 1976 der Bundeshandelsakademie sowie von Landesberufsschulen, im Schloß Leesdorf auch der Meisterschule des österreichischen Malerhandwerks (seit 1948).

Neben der schon seit dem 15. Jahrhundert bestehenden »Bürgerlichen Badener Schützen-Gesellschaft« entwickelte sich im 19. Jahrhundert auch ein überaus reiches Vereinsleben, es entstanden ein Feuerwehr-, Turn-, Sparkasse-, Vorschuß- und Kreditverein, ein Männergesangs-, Verschönerungs-, Sportverein und eine Reihe weiterer auf speziellen Gebieten. Der 1891 gegründete »Fußballklub Baden« war einer der ältesten Österreichs. Von kultureller Bedeutung ist der »Verein der Niederösterreichischen Landesfreunde«, gegründet 1893, der 1904 das Kaiser-Franz-Josef-Museum für Handwerk und Volkskunst am Mitterberg mit reichen Sammlungsbeständen errichtete und bis heute betreut. Die Städtischen Sammlungen Badens, Stadtarchiv und Rollettmuseum, erhielten nach wechselnden Quartieren erst ab 1912 einen bleibenden Aufstellungsort im 1905 von Rudolf Krausz erbauten Rathaus von Weikersdorf, das nach der Vereinigung der Gemeinde mit Baden in diesem Jahr funktionslos geworden war. Dieser endlich geglückte Zusammenschluß unter den Bürgermeistern von Baden, Dr. Franz Trenner, und von Weikersdorf, Josef Trenner, die Brüder waren, legte endgültig den Umfang der Stadt Baden fest. Seither konnten große kommunale Vorhaben wesentlich leichter durchgeführt werden.

In das blühende Kurleben der langen »Friedenszeit« fiel am 28. Juli 1914 der Ausbruch des Ersten Weltkrieges, ohne daß sich vorerst sehr viel änderte. Baden wurde mit seinen vielen Kur- und Heileinrichtungen zur Lazarettstadt und erhielt für kurze Zeit dann noch einmal eine hochpolitische Bedeutung, als 1916 das k. k. österreichisch-ungarische Armeeoberkommando hierher verlegt und in den Pfarrschulen und im »Batzenhäusl« einquartiert wurde. Der neue Kaiser Karl I. nahm mit seiner Familie ebenfalls im Kaiserhaus am Hauptplatz Quartier, wo ihm 1917 der verbündete deutsche Kaiser Wilhelm II. einen Besuch abstattete. Kaiser Karl benützte damals auch die Villa Löwenstein mit ihrem Park als Besprechungs- und Erholungsort. Von Baden aus wurde am 3. November 1918 die verhängnisvolle Depesche mit der Annahme des Waffenstillstands an Italien abgesandt. Das Kriegsende und der Zusammenbruch der Monarchie verliefen hier verhältnismäßig ruhig, Dr. Franz Trenner blieb bis zur Gemeinderatswahl am 22. Juli 1919 Bürgermeister. Sein Nachfolger wurde der legendäre Josef Kollmann, der dieses Amt dann mit einer Unterbrechung 1926, als er Finanzminister war, bis 1938 und noch einmal 1945/1946 ausübte. Trotz der schwierigen Situation der jungen Republik in den Inflationsjahren 1920 bis 1924 und der Wirtschaftskrise nach 1930 gelang es diesem umsichtigen christlichsozialen Kommunalpolitiker, Baden durch weitblickende Investitionen, die bis heute von großer Bedeutung sind, als Kurstadt wieder in die Höhe zu bringen. Das neue, großzügig geplante Thermalstrandbad wurde 1926 in Rekordzeit fertiggestellt und von der jüngsten, erst 1924 am Schwechatufer gefaßten Marienquelle gespeist. Im selben Jahr wurde der Kurpark

Der Hauptplatz in Baden, Photographie, um 1890

neuerlich erweitert und dort im Beethovenjahr 1927 von Architekt Wilhelm Luksch der Beethoventempel erbaut. 1928 wurden die Reste des Ursprungsbades durch die elegante Trinkhalle von Joseph Fischer ersetzt, und 1930 feierte man das 450jährige Stadtjubiläum mit einem historischen Festzug und einer Großausstellung in Park und Schloß Weilburg. Seit der Nachkriegszeit existierte im Doblhoffpark auch der populäre Vergnügungspark »Badensia«.

In der Krisenzeit nach 1930 wurde dann die Frage eines Spielcasinos, dessen Fehlen seit der Biedermeierzeit stets als Mangel in einem Kurort vom Rang und Anspruch Badens beklagt wurde, akut. »Ein Bad seyn, und ohne ›Maison de Conversation‹, ohne Kursaal, ohne Roulette und ›Trente- et Quarante‹, ohne französischen ›Entrepreneur de jeux et de plaisirs‹ seyn, und daneben doch die Prätension haben, seine Gäste hinreichend zu vergnügen . . . das ist stark und kann nur in Oesterreich angetroffen werden, wo weniger die ›jeux de l'amour‹, aber umso strenger die ›jeux du hasard‹ verpönt sind. Und selbige Prätension hat und macht Baden bei Wien, und es gelingt ihm damit nicht übel, da man gern wieder dahin zurückkehrt . . .«, schrieb etwa 1842 der scharfsichtige deutsche Schauspieler und Schriftsteller Carl Spindler, der Baden mehrmals besuchte. Es wurde zwar in privaten Kreisen hier immer schon viel gespielt, und kurz vor dem Ersten Weltkrieg war schon eine Art Spielcasino in der Löwensteinvilla installiert worden, das aber nur kurze Zeit bestand. In der Nachkriegszeit hatte das Spielfieber nicht nur Schieber und Kriegsgewinnler, sondern auch weite Kreise der notleidenden Bevölkerung ergriffen, fast überall wurde hasardiert. Bürgermeister Kollmann gelang es schließlich nach langen Überlegungen, den 1933 in Österreich legalisierten Spielbankenbetrieb, dessen erstes Etablissement am Semmering geplant war, nach Baden zu bringen. Zuerst provisorisch im Kurhaus untergebracht, wurde das Spielcasino Baden 1934 eröffnet. 1937 entschloß man sich zu einem einschneidenden Umbau, dem auch die noblen Auffahrtsrampen zum Opfer fielen. Nach einem starken Rückgang des Fremdenverkehrs, der folgenden Wirtschaftskrise und steigenden Arbeitslosigkeit war es der Stadt mit großen Anstrengungen gelungen, wieder mehr Kurgäste anzuziehen. 1937 zählte Baden mit etwa 6.000 Betten 750.000 Nächtigungen.

Nach dem Anschluß Österreichs an das Deutsche Reich kam bald das Militär und Baden wurde mit dem Bau einer großen Flak-Artilleriekaserne, der

Der Cursalon in Baden, Postkarte, 1899

heutigen Martinek-Kaserne, Garnison und nach Kriegsausbruch 1939 bald auch wieder Lazarettstadt. 1940 konnten zwar noch 394.832 Übernachtungen gemeldet werden, aber zunehmend mehr Sanatorien und Kureinrichtungen wurden in Reservelazarette und Rekonvaleszentenheime der deutschen Wehrmacht umgewandelt, später auch Hotels und zuletzt Schulen. Kurz vor Kriegsende erlitt Baden am 2. April 1945 durch Fliegerangriffe schwere Bombenschäden, etwa 240 Gebäude wurden zerstört, die Strom-, Gas- und Wasserversorgung fiel aus und 271 Menschenleben waren zu beklagen. Am Tag darauf besetzten russische Truppen die Stadt, in der praktisch keine Versorgungseinrichtungen mehr existierten. Für zehn Jahre war Baden das Hauptquartier der sowjetischen Besatzungsmacht in Österreich, die die wichtigsten Gebäude beschlagnahmte und ganze Straßenzüge und Stadtteile für die Besatzungstruppen durch Planken abtrennen ließ. Sitz der russischen Stadtkommandatur war Schloß Braiten, das Kurhaus wurde zum Militärkasino und das Rollett-Museum im ehemaligen Weikersdorfer Rathaus zum Gefängnis. Längere Zeit war auch Boris Pasternak als Kulturoffizier in Baden stationiert, das fast ebensoviele Besatzungssoldaten wie Einwohner hatte. An die lange Besatzungszeit erinnert heute noch der große russische Soldatenfriedhof im Südosten der Stadt. 1945/1946 war Josef Kollmann wieder Bürgermeister und nur sehr langsam besserten sich in den folgenden Jahren die Verhältnisse. Um die drückendste Wohnungsnot etwas zu lindern, begann man schon 1950 mit der Errichtung der »Friedenssiedlung« in Weikersdorf. Nachdem am 19. September 1955 der letzte russische Soldat Baden verlassen hatte, zeigte sich, daß die beschlagnahmt gewesenen Gebäude in einem verheerenden Zustand und teilweise ausgeplündert waren. Nun erst konnten Wiederaufbau und Renovierung in Angriff genommen werden und nur sehr zögernd erholte sich in der Folgezeit der Fremdenverkehr. Bald wurde den Stadtvätern aber auch klar, daß nur eine radikale Neuordnung und großzügige Investitionen Baden als Kurort wieder wettbewerbsfähig machen konnten, zu schwer waren die Schäden an der Substanz und der so lange bestehende Rückstand. Ab 1965, mit der Ära des neu gewählten Bürgermeisters Viktor Wallner, begann dann eine fundierte, gezielte Politik der Stadterneuerung als Kur- und Fremdenverkehrsort, Bildungs- und Verwaltungsmittelpunkt zu greifen, die in Etappen verwirklicht wurde. Das Kurhaus wurde zu einem Kongreßhaus umgebaut, durch den Verkauf stadteigener Realitäten eine moderne First-Class-Hotellerie gefördert (Parkhotel, Hotel Gutenbrunn, Clubhotel im Schloß Weikersdorf und Sauerhof als wichtigste), eine Reihe von modernen Kurheimen der verschiedenen Sozialversicherungen und neuer Anlagen wie Kurmittelhaus, Thermal-Hallenbad, Veranstaltungshalle neu geschaffen, viele andere grundlegend erneuert. 1969 war das »Rosarium« mit über vierhundert Rosensorten im Doblhoffpark vollendet, in dieser Zeit auch die bereits erwähnten Schulneubauten und 1983 auch das neue Krankenhaus im Bereich von Leesdorf im Osten der Stadt. Bei dieser so umfassenden Erneuerung und der bedeutenden historischen Bausubstanz Badens ergaben sich große Probleme und wurden an die Denkmal- und Stadtbildpflege hohe Ansprüche gestellt. Die damit seit längerem wiedergewonnene Rolle Badens als einer der bedeutendsten Kurorte Österreichs wurde durch vermehrte kulturelle Aktivitäten unterstrichen. Stadttheater und Konzertveranstaltungen, der »Badener Operettensommer«, die »Badener Beethoventage«, kulturhistorische und Kunstausstellungen neben vielem anderem stehen auf hohem Niveau und sprechen ein großes Publikum an.

Das 1944 geschlossene Spielcasino konnte schon 1955 provisorisch im später abgebrochenen Hotel Badener Hof in der Wassergasse den Betrieb aufnehmen, übersiedelte 1968 in das Kongreßhaus (Badener Saal und Wintergarten) und im Jahr darauf in die damals ebenfalls neu adaptierte Trinkhalle (Architekt Bartak). 1977 wurde dann ein totaler Um- und Ausbau des Casinos durchgeführt. 1979 wurde es als erstes in Österreich mit Spielautomaten ausgestattet. Seit 1992 wird das von der Casinos Austria AG gepachtete Kongreßhaus neuerlich einem grundlegenden Umbau unterzogen, der die Bausünden früherer Eingriffe tilgen und das Spielcasino Baden, das älteste Österreichs, mit Erhaltung der historischen Bausubstanz des gründerzeitlichen Kurhauses von 1886 als multifunktionalen Veranstaltungsort bis 1994 zum größten, schönsten und modernsten in Europa machen soll (Architekten F. Fehringer und R. Nemetz). Seit 1988 ist August Breininger Bürgermeister der Stadt Baden und seither bemüht, mit der Durchführung zeitgemäßer Entwicklungskonzepte in Kurwesen, Fremdenverkehr, Kultur und verstärkt auch durch die Schaffung neuer Wirtschaftsimpulse die Weichen der liebenswerten »alten Stadt im neuen Kleid« für die Zukunft zu stellen.

Heute präsentiert sich Baden als ruhige Gartenstadt mit alter Geschichte und Tradition, als Kurort mit weitgehend von Biedermeier und Historismus geprägter und gepflegter Bausubstanz, mit modernsten Kur- und Badeeinrichtungen, einer hervorragenden Infrastruktur und einem pulsierenden Leben als Bezirkshauptort, Schulstadt und wirtschaftlichen Zentrum der Region. Wenn auch der im 19. Jahrhundert für Baden so bedeutsame mondäne Aspekt wie fast überall weitgehend geschwunden ist, bemüht sich die Stadt mit großen Anstrengungen seit langem, sich durch ein reiches Angebot neuen Lebensformen anzupassen. Dabei kommt Badens nostalgisches Flair gerade heute wieder dem Fremdenverkehr in besonderem Maße zugute.

Die reizvolle Lage der Stadt im Grünen, die Großstadtnähe und hervorragende Verkehrsverbindungen machten Baden wieder zu einem begehrten Wohnort mit hoher Lebens- und Freizeitqualität. Dazu kommt die Umgebung mit den alten Weinorten (Pfaffstätten, Gumpoldskirchen, Sooß, Bad Vöslau) und die Wienerwaldlandschaft mit zahlreichen Wander- und Ausflugszielen (Helenental, Hoher Lindkogel, Eisernes Tor, Alland, Mayerling, Stift Heiligenkreuz), deren natürlicher Ausgangspunkt Baden ist.

Stadt des Biedermeier,
Stadt der Bäder

Rathaus (1815) am Hauptplatz

Pestsäule und »Kaiserhaus« (1792), Hauptplatz

Hauptplatz mit Pestsäule (1718) und Frauengasse

Ehemaliges Josefsbad (vollendet 1804), Josefsplatz

Ehemaliges Frauenbad (1822), Josefsplatz

Ehemalige Villa Löwenstein (1819), Heim der Kunst, Kaiser-Franz-Ring

Grandhotel Sauerhof (1822), Rundhof

»Beethovenhaus«, Rathausgasse

Hof im ehemaligen Bürgerspital (Annamühle)

Schlossergäßchen

Am grünen Markt

Thermalstrandbad (1926)

Baden, die grüne Gartenstadt

Blick vom Kurpark auf die Stadtpfarrkirche

Kurpark: Lanner- und Strauß-Denkmal (1912)

a

c

b

d

a) Grillparzer-Denkmal (1874); b) Beethoventempel (1928); c) Ehemaliger Äskulaptempel (1798), seit 1962 Mozart-Tempel; d) Kaiser Josef II.-Denkmal (1899)

a

b

c

d

a) Kurparkgitter (1880); b) Im Kurpark; c) Blumenuhr (seit 1929); d) Park-Café (1894)

Kurpark, Undine-Brunnen (1903)

Doblhoffpark, Wasserspeier aus der Weilburg (Josef Klieber, um 1822)

Kurpark, Undine-Brunnen (1903), Detail

a

c

b

d

Doblhoffpark: a) Clubhotel (ehemaliges Schloß Weikersdorf-Doblhoff); b) Rosarium; c) Café am Doblhoff-Teich; d) Orangerie und Rosarium

Doblhoff-Teich

Blick vom Kurpark auf Baden

a

b

c

a) Villa Hahn von Otto Wagner (1885); b) Gründerzeit-Villa; c) Jugendstilhäuser, Flamminggasse

Frühling im Kurpark

Rund um Baden,
vom Wienerwald zur Weinlandschaft

Blick von der Ruine Rauhenstein über das Helenental

a b c d

a, b) Wegerl im Helenental; c) St.-Helena-Kirche und Ruine Rauhenstein; d) Ruine Rauheneck

Wienerwald

Weingarten bei Baden

Heurigengarten in Sooß

Stift Heiligenkreuz, Hof mit Dreifaltigkeitssäule

Stift Heiligenkreuz, Kreuzgang (1220–1250)

Karmelitinnenkloster Mayerling, Gedächtniskapelle (ehemaliges Jagdschloß Kronprinz Rudolfs)

Theater und Musik,
Spiel und Sport

Stadttheater (1909) und Eratobrunnen (1902, 1912 hier aufgestellt)

Kurpark mit Musikpavillon (1894)

Kurkonzert

Trabrennen in Baden

Trabrennbahn mit Zuschauertribünen (Ende 19. Jh.)

Sommerarena im Kurpark (1906)

Kongreßhaus und Spielcasino (bis 1992). Rechts: »Nackter Reiter« von Josef Müllner (1905, 1962 hier aufgestellt)

Im Spielcasino Baden